ADVIS DE

LA GLORIEVSE VI-
CTOIRE OBTENVÉ PAR

l'armée Chrestiéne côtre l'armée
Turquesque au golphe deLepan-
tho le septiesme iour d'Octobre,
1571.

A PARIS,

Pour Iehan Dallier Libraire,demourãt
sur le pont S. Michel à la Rose blanche.

1571.

AVEC PRIVILEGE.

(2)

EXTRAICT D'VNE

lettre enuoyée de Venise à Paris, par un gentil'homme Venitien à vn gentil'homme Francois.

VIS qu'il a pleu à Dieu, apres si grãds & longs trauaux, dont le Turc & ses forces depuis deux ans ou enuiron, ont auec estonnement merueilleux & dommage incroyable vexé la Chrestienté: nommément l'estat & les terres des Venitiens, tant en l'isle & royaume de Chipre, comme mesmes en l'Esclauonnie & terres voisines de Venise à veuë de Secile & d'Italie, & auec leur grand espouuantement: dõner ausdicts seigneurs Venitiens & autres seigneurs Chrestiens de leur li-

A ij

gue, confederation & compaignie,
vne tant belle, grande & glorieuse
victoire, qu'est celle aduenue au gol
phe de Lepantho (qui est entre la
Morée & l'Etolie peu par delà l'isle
de Corfou) le septiesme iour de ce
moys d'Octobre, mil cinq cens soixante & vnze : i'ay bien voulu vous
faire participant de la grande ioye
& allegresse que nous en auons re-
ceuë par deçà : mesmes vous en faire vn bref discours & recit de l'ordre & acheminement de nostre armée, entreprise du combat, euene-
ment de l'heureuse victoire nostre,
& ignominieuse & dommageable
defaicte de l'armée Turquesque, a-
uec toutes les particularitez & sin-
gularitez que i'en ay peu apprendre
& recueillir de la bouche de ceux q
en ont apporté les ioyeuses nouuel-

les au Duc & à la seigneurie de Venise : afin q̃ vous en esiouissez auec
nous, louãt & remerciãt nostre bon
Dieu de ses infinies graces & mise-
ricordes, vous le priez & suppliez
aussi auec nous & tout le surplus de
la Chrestienté, qu'il luy plaise nous
continuer ceste sienne grace & fa-
ueur, nous deliurant de l'oppression
& tyrãnie de ces mal-heureux mes-
creans, à ce que plus libremẽt nous
puissions d'oresnauant luy chanter
louanges & actions de graces, à l'au-
gmentation de la saincte foy catho
lique & chrestienne, & à l'honneur
& gloire de son nom. POVR y cõ-
mencer vn peu de plus loing, vous
serez aduerty que dés le dixneufies-
me iour de Septembre l'armée chre
stienne nostre, composée de grand
nombre de vaisseaux & d'hommes

tant Venitiēs, & autres Italiens, que Espagnols : partit du port de Messine auec l'ordre cōuenable & requis au seur nauigage & au belliqueux maritin cōbat : & à cest effait fut departie & ordonnée en ceste maniere : Soixante galeres au milieu pour le corps de la bataille : Domp Ioüan d'Austrie à main droicte, auec le ge neral de l'armée du Pape : & le gene ral de la seigneurie de Venise à main gauche : Derriere la royale, deux ga leres , suyuies de quinze fregates pour leur garde. Et pour subuenir à toutes occurrences, furent ordon nées deux cornes ou ailes à la batail le, chacune de cinquante & six ga leres : La droicte estoit cōduite par le seigneur Iehan André Dorie , & la gauche par le Lieutenant du ge neral de la seigneurie de Venise. Au

deuant & vn peu loing de ces deux
ailes, paſſoiét quatre galeres & dou
ze fregates : puis apres pour l'arrieregarde furent ordonnées trente ga
leres, ſoubs la charge du Seigneur
Marquis de Saincte Croix : ſuyuies
de quatre autres galeres accompai-
gnées de certains Brigantins, pour
leur garde & ſecours. Les quarante
naufz doibuét voguer à main droicte de l'aile droicte, pour luy dóner
quelque bon & prompt ſecours,
quand on viédra au combat: ſi non,
pour mettre leurs ſoldats ſur les ba-
ſteaux, afin d'aller par les pouppes
des galeres donner rafreſchiſſemét,
ſil en eſt beſoing. Domp Ioüan de
Cordoua en voguant ſaduancera
de dix ou douze milles auec huict
galeres : & deſcouurant l'ennemy
fera certain ſignal, puis retournera

au lieu qui luy est ordonné en la ba
taille. Les galeasses, au cas qu'il fail-
le venir aux mains, s'auanceront d'vn
mille, lascheront leur artillerie (dõt
elles sont chargées en grande quantité) & attaqueront l'escarmouche,
auec deux mille cinq ou six cẽs soldats qu'elles portent, dont les quinze cens sont Espaignols. En ceste
ordonnance & deliberation nostre
armée departie du port de Messine
au iour dessusdict, n'auoit encores
gueres auancé de chemin : quand
le seigneur Domp Ioüan d'Austrie
par ses espions & descoureurs fut
aduerty, que partie de l'armée Turquesque arrestée à Zanthe (Isle sise
entre Corfou & la Morée apparte-
nant aux Venitiens) la battoit & for-
çoit. Et sur cest aduis, combien que
l'arrieregarde de l'armée Chrestienne

ne ne fuſt auec l'autre trouppe: ains
fuſt demourée derriere auecq̃s les
naufs : feit à toute diligence voile
vers l'iſle de Zanthe : & manda au
Marquis de ſaincte Croix, qu'il le
ſuyuiſt le plus toſt qu'il pourroit.
Arriuée que fuſt noſtre armée aux
enuirons de Cephalonie (iſle appar
tenant au Turc ſiſe aſſez pres de Zã-
the) vers le port d'Argoſtoli, elle
euſt aduis que la Turqueſque eſtoit
dedans le golphe de Lepantho: lors
ſ'aſſemblerent les Seigneurs & Capitaines de noſtre party au conſeil,
afin d'aduiſer à ce qu'il ſeroit bon
de faire. Le ſeigneur Domp Ioüan
d'Auſtrie au commencement ne
trouuoit pas bon que noſtredicte
armée entraſt dedans ce golphe: au
contraire le ſeigneur general Seba-
ſtian Veniero, & le ſeigneur Augu-

B

stin Barbarico souſtenoit que l'on
debuoit entrer au golphe, & là dedans inueſtir & enueloper l'armée
Turquesque, prometans aux autres
ſeigneurs, & eſperans heureuſe victoire. Finalement fut conclud &
reſolu entre eux, que le ſeignr Barbarico auec huict galeres iroit à la
bouche du golphe eſſayer d'en tirer les Turcs dehors. Ce pendant
qu'ils eſtoient en termes d'executer
ceſte leur reſolution: le general Ve
nier feit entendre que cinquante ga
leres des Turcs ſ'eſtoient demem-
brées, & auoient deſemparé leur
armée prenans la volte de Leuant:
mais on dict que ledit ſeigneur Venier feit courir ce bruit tout expres
afin que le ſeigneur Domp Ioüian
d'Auſtrie ne feit plus de difficulté
d'entrer auec l'armée dedans le gol-

phe. Ces nouuelles oyes, Dõp Iouã
d'Austrie fust d'aduis que nostre ar
mée debuoit entrer dedans le golphe : & ce mesme iour (qui fut le
sixiesme du present moys d'Octobre) luy-mesme en personne monté sur vne fregate alla enhorter tous
les Capitaines & soldats qu'ils prinf
sent bon cueur, & se tinssent prests
pour le lendemain combattre: don
nant au surplus bon ordre à tout ce
qu'il sçauoit necessaire au combat
prochain. De faict le Dimenche septiesme dudict moys, du matin &
de bonne heure se retrouua toute
l'armée Chrestienne en bon ordre,
& bien preste pour le combat: Tou
tesfois sans les naufz qui ne s'y trou
uerent point, les generaux Venier,
& celuy du Pape, auec cinquante
galeres en la corne ou aile droicte:

Le seigneur Barbarico, & le seignr
Quirini auec autres cinquante galeres en la corne ou aile senestre: Le
seigneur Marquis de saincte Croix
auec ses trente galeres en l'arrieregarde, auquel faisoit espaule & ar-
riere-secours le seigneur Iean André d'Orie, lequel s'y porta assez
vaillamment. Les six galeasses (trois
à trois de front de chasque costé de
la bataille entre les ailes) alloient re
morchées, chacune par deux galeres subtilles, auanceans chemin en
ceste façon, auec bien peu de vent:
lequel estoit de beaucoup plus fa-
uorable aux vaisseaux ennemis. De
assez bonne heure les Chrestiés des
couurirent l'armée de Turcs : laquelle les venant rencontrer de fu-
rie sans aucun ordre, sembloit vne
forest cheminant sur mer: car com-

me on a depuis defcouuert, les
Turcs penfoient que les Chreftiens
voians tant de vaiffeaux enfemble
tourneroient le dos fans combatre,
& qu'ils gaigneroient fans coup fe-
rir partie des galeres des Chreftiens
fuyans : Mais voyans les Turcs que
en grande hardieffe & affeurance
noftre armée alloit auant pour les
charger, ils commencerent à fe ren-
ger, & prendre quelque ordre en
forme de croiffant. Lors eftans les
deux armées entre-approchées à
portée de canon: les galeres fubtiles
laifferent de remorcher les galeaffes, fe retirans au lieu qui leur auoit
efté ordonné : Tant fuft, que de pri-
me abordée ces fix galeaffes feirent
tel exploict de canonnades, que for-
ceans & enfonceans tous les vaiffeaux Turcs fe retrouuans ou ren-

B iij

contrans deuant elles, elles passe-
rent au trauers de l'armée Turquesque, & la mirent en tel effroy & de-
sordre, que veritablement se peult
dire, qu'elles furent la premiere &
principale occasion de la victoire.
Au tirer de l'artillerie, la Turquesque feit peu de dommage, la Chrestienne plus qu'assez : nommément
l'artillerie de la generale Catholi-
que, & de la Venitienne : lesquelles
s'estans mises aux deux costez de la
galere du grand Bascha, s'en feirent
bien tost maistresses : & ayant le
seigneur Domp Ioüan d'Austrie
faict coupper la teste à ce grand Bascha, il la feit mettre au bout d'vne
pique, laquelle il retint longuemét
serrée estroittement entre l'vn de
ses bras, s'en parant comme d'vn
Trophée. Ochialy auec ses galeres

pressa & trauailla assez long temps
l'aile senestre: & le corps de l'armée
Turquesque, le corps de nostre armée Chrestienne : mais le seigneur
Iehan André Dorie donna prompt
secours au corps de l'armée Chrestienne : Comme aussi le seigneur
Domp Ioüan d'Austrie enuoya incontinant vne bonne trouppe de
galeres secourir la corne senestre,
en laquelle huict galeres Venitien-
nes estoient ja à peu pres gaignées
ou perdues : Ainsi combatirent les
deux armées à toute oultrance, depuis le matin iusques à la nuict: tou
tesfois, par la grace de Dieu, l'issue
de ce combat fut telle, que la victoi
re en demoura aux Chrestiens : De
maniere que cent quatre-vingt vais
seaux Turcs par eux prins, sont au-
iourd'huy entre leurs mains : C'est

aſſauoir, cent quarante galeres, le
reſte ſont fuſtes & autres vaiſſeaux
de guerre. Ochialy Baſcha ſ'eſt ſau-
ué de viteſſe auec vingtcinq voiles:
& ſ'eſt retiré au port de Preuiche en
Barbarie: où le ſeigneur Domp Ioü
an d'Auſtrie luy a enuoyé offrir dix
mille ducats d'eſtat par an, ſ'il vou-
loit auec le reſte de ſes vaiſſeaux aller ſeruir le Roy d'Eſpaigne contre
le Turc : Sarragoſſe Corſaire a eſté
trouué mort. Le Baſcha Portua ne
ſe trouue, n'entre les morts, n'entre
les vifs : n'y encores vn autre Baſcha, qui ſe vint mettre au reng de
ceſt autre grand Baſcha Preley, lequel i'ay dict, cy deſſus, auoir eſté
pris & tué. En ce cõflict ſont morts
(pour le moins) vingt mille Turcs
naturels, & de cinq à ſix mille eſcla
ues : & (dont plus nous debuons
reſiouir)

resiouir) ont esté deliurez & sau-
uez de la tyrannie de ces mal-heureux infideles, enuiron vingt mille
ames Chrestiennes: entre lesquelles
se sont trouuées bon nombre des
gentilshommes & soldats tant Italiens que François des compaignies
du Comte Martinengue , qui a-
uoient esté faicts prisonniers à Dol
cigno. On dict que les Turcs, pour
rafreschir leur armée, auoient leué
des garnisons de la Morée, bien qu'a
torze mille Spacchis, qui tous sont
prisonniers : Pareillement, qu'en la
Morée ceux du pays, voyans le pe-
tit nombre des Turcs qui y restent,
& aduertis de la totale ruine de l'ar
mée Turquesque, commencent à
s'esleuer. L'armée Chrestiéne, apres
la victoire, s'en retournoit vers Cor
fou, quád le seigneur Domp Iouan

C

d'Austrie monté sur vne fregate, alla trouuer le seigneur Venier general de l'armé Venitienne, pour luy
offrir de l'accompaigner par tout
où bon luy sembleroit: disant auoir
cogneu en ceste heureuse iournée,
que les seigneurs Venitiens sont les
premiers Roys de la mer, par effaict
plus que par paroles. Or est-ce cho
se merueillable qu'és six grosses galeres susdictes, ne mourut en ce có-
bat que trois ou quatre personnes :
& encores que tout le surplus de
nostre armée a souffert fort peu de
dommage: eu esgard au grand nom
bre des ennemis combatans, & à la
grandeur de la victoire. A ce gentil & vaillant seigneur Barbarico,
lequel aux premiers assaults auoit
receu en l'vn des yeux vn coup de
flesche, nostre Seigneur feit tant de

grace, que de le laisser viure iusques
au soir de ce Diméche de la victoire: de laquelle ayant entendu l'heureux & desiré succes , leuant les
mains & l'œil qui luy restoit, vers le
ciel, en rendit graces à Dieu, & tost
apres, ioyeux & content, passa de
ce monde en l'autre.

E N ce grand & long conflict,
moururent de la part des Chrestiés
combattans pour l'honeur de Dieu
& le salut de la patrie, les notables
& signalez personnages, dont les
noms ensuyuent.

L E tres-excellent & magnanime
seigneur general Augustin Barbarico.
Le magnifique seigneur André Bar
barico.

C ij

Le magnifique seigneur Benedetto
Soranzo.
Le magnifique seigneur Marc Lan
do.
Le magnifique seigneur IehanLau-
redan.
Le magnifique seigneurMarin Cõ-
taren.
Le magnanime seigneur Catarin
Maliero.
Le magnifique seigneur Hierosme
Contarin, auec trois de ses parés
Le seigneur Francisque Bon.
Le magnifique seigneur Anthoine
Pasquino.
Le magnifique seigneur Todero
Balty.
Le seigneur Iean Baptiste Benedi-
cti Cypriot.
Le seigneur Iacques de Mezo.
Le seigneur Anthoine Meliognery
Candiot.

Le seigneur Alexandre Cittico de
Fano.

Le seigneur Tansian Vincentin.

C E S tref-bonnes & tref-glo-
rieufes nouuelles ont efté, ce iour-
d'huy dix & neufiefme d'Octobre,
enuiron vne heure apres midy, ap-
portées par l'excellent & tref-ma-
gnifique feigneur Geoffroy Iufti-
nian : lequel defcendu de fa galere,
eft allé droict à fainct Marc : où fe
gettant à deux genoux deuant le
Duc de Venife, luy a dift: Prince fe-
reniffime, ie vo⁹ porte nouuelle de
la plus glorieufe & plus heureufe
victoire, qu'oncques obtint, non
feulement la feigneurie de Venife,
mais toute la Chreftienté. Lors le
Duc leué de-bout, & de fes deux
mains f'oftant fon Ducal accouftre-
ment de tefte, en a rendu graces à

Dieu le Createur:& sans faire autre
pause, suiuy de toute la seigneurie,
s'en est couru en l'eglise sainct Marc
tousiours deuisant auec le seigneur
Iustinian:où ont esté chantez psal-
mes, & autres canticques en grand
nombre & en grande cerimonie,
pour loüanges & graces à Dieu. Ils
ont demouré enuiron deux heures
en l'eglise: où & en la place de saict
Marc ce pendant est accouruë incroyable quantité de peuple Venitien de tous sexes, qualitez & aages
qui d'allegresse s'entre-embrassoit
& se baisoit auec vne ioye indicible
& vn bruit de voix & de cloches si
grand, que chacun en demouroit
comme estourdy. Les prisonniers,
quoy qu'on die,ne sont pas encores
deliurez:car fault que la deliurance
en soit faicte par l'aduis & delibera

tion de tout le conseil. Bien est vray
que le nõbre des prisonniers Turcs
monte bien iusques à vingt mille :
& qu'auec eux a esté prise vne ri-
chesse inestimable. Les prisons sont
quasi toutes ouuertes, & les pau-
ures prisonniers, qui y estoient, re-
laschez : Des galeres Turques, il y
en a eu cent quaráte prises, quarante bruslées, quinze enfoncées : sans
autres quarante vaisseaux qui y ont
esté pareillement pris. On dict aussi
qu'il n'y a eu de la part des Chrestiens que sept galeres perdues : Et
tout au plus cinq mille Chrestiens
tuez : Entre lesquels y a beauconp
de Cheualiers de Malte : qui se ha-
zardans & vaillamment combattás
auec les galeres de la religion, ont
merueilleusement bien faict, entre
tous les autres. On dict aussi que

le seigneur Domp Ioüan d'Austrie
a esté d'vne flesche blessé en la iam-
be : mais que ce n'est pas mal d'im-
portance. On n'a point encores eu
autres nouuelles de l'armée Chrestienne, depuis la victoire : mais on
croit qu'elle aura suiuy sa fortune,
& que partie d'icelle sera passée iusques en Cypre pour secourir Famagoste : ce qui luy sera fort aisé à faire, n'ayant à present le Turc ne gens
ne vaisseaux pour nous empescher:
Aussi y a il grande apparence, que
toute l'armée de la ligue hyuernera
en cest mer de Grece, auanceant de
iour à autre tousiours quelque bon
exploit sur le Turc: Et mesmes que
elle pourra, auant son retour, recou-
urer des mains du Turc, ce qu'il a ja
occupé en l'isle de Chippre: Car par
lettres venues d'Anconne, on a eu

puis-

puis-nagueres nouuelles, qu'vn na-
uire Ragusien party de Candie le
treiziesme iour de Septembre là ar-
riué, rapporte qu'estant vne galiote
de Famagoste en Candie, disoit que
la monition & le rafreschissement
enuoyez, y estoient entrez: & que le
sixiesme dudict moys ladicte ville
estoit gaillarde & en bonne voloté
& espoir d'empescher que les Turcs
l'assiegeans n'y entrassent: Qui faict
prédre asseurance à ceux de ce pays
que la nouuelle venue de Messine
(qui disoit ladicte ville de Famagoste auoir esté prise dés le premier
iour du moys d'Aoust dernier) est
faulse: D I E V vueille qu'ainsi soit,
& doint grace aux Chrestiens de
continuer leur bonne fortune.

Voila tout ce que i'ay peu appren
dre iusques à present: mais ie m'en

D

informeray d'auantaige:& si ie puis
recueillir quelque chose de plus
que le contenu de la presente, ie ne
faudray de vous en aduertir.

De Venise le dix & neufiesme
iour d'Octobre. 1 5 7 1.

LETTRES DV TRES-

Chreſtien Roy de France, Charles
IX. contenant expres mandement à
monſieur l'Eueſque de Paris, de faire rendre graces à Dieu d'vn ſi heureux ſuccez qui luy a pleu donner à
toute la Chreſtienté,

MONSIEVR de Paris,
I'ay receu lettres duSieur
du Ferrier, qui eſt mon
Ambaſſadeur à Veniſe,
par leſquelles il me donne aduis de
l'heureuſe victoire qu'a euë l'armée
de Mer des Chreſtiens, ſur celle des
Turcs qui a eſté entierement deffai
ête, eſtant bien mort en ceſte victoi
re,vingt mil Turcs,auec vn des prin
cipaux Baſchas : cinq mil pris priſ-
onniers, cent quatre vingt galeres
priſes, & deliuré bien quatorze mil
Chreſtiens, qui eſtoient captifs ſur

D ij

lefdictes galeres, ayant efté le tout
executé auec bien petite perte de la
dicte armée Chreftiéne:Ce que i'ay
voulu vous efcrire incontinant,afin
que vous en faciez rendre graces à
Dieu,en l'Eglife noftre Dame de Pa
ris,côme auffi par toutes autres Egli
fes de voftre diocefe ; auec procef-
fions, & toutes loüanges & actions
de graces telles qu'il eft bien conue
nable pour vn fi heureux fuccez qu'
il a pleu à D I E V donner à toute la
Chreftienté. Priant Dieu,monfieur
de Paris,qu'il vo⁹ ait en fa faincte &
digne garde. Efcript à Vautjour le
dernier iour d'Octobre. 1 5 7 1.
Signé,   C H A R L E S.
Et plus bas, B R V L A R T,
Et fur la fuperfcription eft efcript,
A monfieur de Paris Confeiller en
mon confeil priué,ou à fes Vicaires.

Extraict de la court de Parlement.

LA court a permis & permet à Iehan Dallier Libraire en ceste ville de Paris, imprimer ou faire imprimer, vendre & debiter, *Les lettres & aduis enuoyées de Venise du xix. Octobre, mil cinq cens soixante & vnze : Touchant la tres-heureuse victoire des Chrestiens à l'encontre du Turc.* Et defend ladite court à tous libraires, Imprimeurs & autres, d'imprimer, vêdre ne debiter lesdites letres & aduertissemêt, sans son congé & consentement, sur peine de confiscation de tout ce qui sera trouué auoir esté imprimé & vendu, & d'amende arbitraire: & ce iusques à vn an, ainsi que plus à plain est contenu en sondit priuilege.

Signé, Du TILLET.

PIETATE ET IVSTITIA

9 782011 924506